AF300289

FLEURS ET PLEURS

SOUVENIRS DE JEUNESSE

PAR

J. BLANCHETON

LA CHARITÉ
IMPRIMERIE DE A. DEMONTOY

1877

FLEURS & PLEURS

FLEURS ET PLEURS

SOUVENIRS DE JEUNESSE

PAR

J. BLANCHETON

LA CHARITÉ

IMPRIMERIE DE A. DEMONTOY

—

1877

A MES AMIS

V. S., L. G., L., F. T. & DE B.

Mes Chers Amis,

J'ai cédé à vos gracieuses instances en consentant à faire imprimer en cet opuscule quelques Souvenirs de jeunesse, où vous vous retrouverez tous.

Vous savez bien qu'en répondant à des désirs tant de fois exprimés, j'aurai plus fait preuve de bonne camaraderie que de talent poétique.

Vous dire que je n'éprouve pas moi-même un certain bonheur à relire et à chanter quelques romances où le cœur de vingt ans se dévoile avec ses douces illusions, serait mentir.

Bien au contraire, je chante encore et me reporte souvent sous nos riants bosquets de la Touraine, sous ce beau ciel du midi, sur les bords gracieux ou tourmentés de l'Océan et dans les sentiers de cette Nièvre que j'habite.

J'intitule ce petit ouvrage : FLEURS ET PLEURS.

— N'est-ce pas le titre qui lui convient ?

Personne mieux que vous ne peut l'affirmer.

J. B.

FLEURS ET PLEURS

LA REINE DE LA VALLÉE

Aussi rieuse qu'elle est belle,
Aussi pure et bonne à la fois
Que l'ange qui veille sur elle,
Depuis seize ans et quelques mois ;
Tout au bord de l'Indre, en Touraine,
De la vallée aux grands roseaux,
Connaissez-vous la jeune reine,
La reine des fleurs et des eaux ?

Dès l'aube, avant que l'allouette
De son aile effeuille les fleurs,
Que la timide pâquerette
De la nuit épande les pleurs,
La blonde enfant au regard d'ange,
Avec ses amis les pinsons,
En riant follement échange
De frais baisers pour des chansons.

Moins heureux que moi qui l'admire
Et peux lui parler chaque jour,
Dans la vallée, où son empire,
Chagrine et ravit tour à tour,
Plus d'un grand, à l'âme charmée,
Vit railler son brûlant aveu,
Car la reine est autant aimée
Que la folle enfant aime peu.

LAURETTA

Au bout du golfe de Gaëte,
Au sein de l'île Procida,
Connaissez-vous, peintre ou poète,
La ravissante Lauretta ?
Parcourez toute l'Italie,
De la chaumière à la villa,
Sachez trouver la plus jolie
Et ce sera ma Lauretta.

Lauretta n'est point une dame
A grand titre, à faste cité,
Dont à deux genoux on réclame
Un sourire froid, emprunté.
C'est une bien modeste fille,
Ayant pour parure seize ans,
De grands yeux noirs où l'amour brille
De ses feux les plus caressants.

C'est une perle sur la grève,
C'est la madone du pêcheur,
C'est une aurore qui se lève
Ou le doux parfum d'une fleur.
C'est l'ange qu'en songe caresse
Le cœur lorsqu'il est vierge encor ;
C'est une femme enchanteresse,
C'est mille fois plus qu'un trésor.

UN SOIR EN ITALIE

Dans la douce Italie,
Par un beau soir d'été,
Une enfant bien jolie,
A l'œil noir velouté,
Apparut à ma vue
Et soudain dans mon cœur,
Une flamme inconnue
Vint jeter le bonheur.

La fleur où se repose
L'abeille avec ardeur,
La tulipe et la rose,
Moins qu'elle ont de fraîcheur.
La colombe touchante,
Dont la voix douce enchante,
Au fond des bois,
Le ruisseau qui murmure
Dans son lit de verdure,
N'ont pas sa voix.

L'étoile qui scintille
Au front d'un beau ciel bleu,
Moins que son regard brille
De cet éclat de feu.
Le jasmin sur sa tige
N'exhale pas l'odeur

De sa bouche, où voltige
Un sourire enchanteur.

La fleur où se repose, etc.

L'ange qu'on divinise
Près du Christ, à l'autel,
La Madone, à l'église,
Œuvre de Raphaël,
Dans leur pose angélique
Ont moins de pureté,
Moins de grâce pudique
Qu'elle n'a de beauté.

La fleur où se repose
L'abeille avec ardeur,
La tulipe et la rose
Moins qu'elle ont de fraîcheur.
La colombe touchante,
Dont la voix douce enchante
Au fond des bois,
Le ruisseau qui murmure
Dans son lit de verdure,
N'ont pas sa voix.

BETTI

Sous des cyprès, dans la riche vallée,
Où vous courez gaiement cueillir des fleurs ;
Il est, enfants, un triste mausolée
Qu'un tendre ami va mouiller de ses pleurs.
En le voyant, l'indifférent qui passe
Porte la main à son front attristé,
Cueille une fleur qu'avec respect il place
Près du jasmin que ma main a planté.

Refrain

Vers cette tombe où dors un ange,
Enfants tournez vos yeux si doux !
Betti sera le bon archange,
Intercédant au ciel pour vous.

Allez le voir, sur sa face marbrée,
Vous pourrez lire en touchant souvenir
De ma Betti, cette enfant adorée,
Mille vertus qui l'ont tant fait chérir.
De sa beauté se retrace l'image,
Dans le bel ange implorant à genoux,
Sur son tombeau, pour elle ouvert à l'âge
Où l'existence est un lien si doux.

Combien de fois, enfants, dans la vallée,
Je l'ai suivie, en la voyant courir
Au sein de la famille désolée,
Que ses secours empêchaient de mourir.
Je recueillais ce que l'âme proclame,
Souhaits et vœux dictés par ses bienfaits,
Et j'adorais un ange dans la femme
Que mon cœur pleure et n'oubliera jamais.

JEUNE ET TROP VIEUX

Tout en mon être annonce le vieil âge,
L'outrage fait par soixante printemps,
Se lit déjà sur mon pauvre visage,
Et je suis loin d'atteindre mes trente ans.
Mon cœur est veuf de ces élans rapides
Où l'amour pur fuit le pernicieux,
Mon front est chauve et sillonné de rides,
Jeune blasé, je suis vieux, oui très-vieux.

Adieu beaux jours d'une ivresse éphémère,
Folle jeunesse aux passagers attraits,
Douces faveurs d'une amante légère,
Plaisirs connus sous vos mille reflets.
Fraîches beautés je n'ai plus de courbettes
Pour vos souris, pour vos traîtres beaux yeux,
Les miens pour voir exigent des lunettes,
Jeune blasé, je suis vieux, oui très-vieux.

Rameau changeant à la tige brisée,
Source tarie au début de son cours,
Jouet perclus d'une vie abusée,
Tout ici-bas me refuse un secours.
De tant de cœurs j'ai lassé la tendresse,
Par des moyens peu consciencieux,
Que j'ai perdu mes droits à toute ivresse,
Pauvre blasé, reste perclus et vieux.

L'AMANT & L'OISEAU

Bel oiseau qui dépasse,
Dans ton rapide essor,
Le nuage qui passe,
Frangé de pourpre et d'or.
Pourquoi du frais bocage
As-tu fui les concerts?
Quel est donc ton message
En parcourant les airs?

Dans ta course si rapide,
Qui t'appelle, oiseau joyeux?
Dans l'espace qui te guide,
Est-ce la terre ou les cieux?

D'une amante qui pleure
Et t'attend chaque soir,
Vas-tu vers la demeure
Porter un peu d'espoir!
Ou bien trompant l'attente
D'un cœur aimant toujours,
Vas-tu d'une inconstante
Porter les froids discours?

Si ta tâche est finie,
Si tu sais rendre heureux,
Près d'une belle amie,
Vas porter mes aveux.
Sous la voûte embaumée
De ses frais lilas blancs,
Dis-lui qu'elle est aimée,
Répète-lui mes chants.

A UN PROTECTEUR

Comme autrefois, vos brillantes promesses
En revêtant l'habit de vérité,
Viennent encor me parler de largesses,
De galons d'or, d'un grade mérité.
En souriant à cette gratitude,
Sublime effort d'un cœur grand, généreux ;
Ah ! laissez-moi dire par habitude :
En commandant je ne puis être heureux.

Je fléchirais sous le poids de l'insigne
Qu'un tel effort put me faire obtenir,
Je ne saurais observer la consigne
Dont on ne doit jamais se démunir.
Le mot Devoir, dans votre art m'effarouche.
Selon mon cœur il est trop rigoureux,
Mes sentiments sont exempts de retouche,
En commandant je ne puis être heureux.

Sous votre habit, que plus d'un cœur honore,
Mais que plus d'un aussi remet bien bas,
Pourrais-je, moi, que personne n'abhorre,
Voir exécrer ma présence ici-bas ?
Non, non, Monsieur, j'ai déjà trop peut-être,
Pour que l'on m'aime ainsi que je le veux,
Aidé l'esclave en maudissant le maître,
En commandant je ne puis être heureux.

A carresser votre gloire inconstante,
Obstinément se refuse mon cœur,
Son piédestal, à la face sanglante,
Flatte trop peu le rôle du vainqueur.
J'en vois, ailleurs, une autre bien plus belle,
Que celle où gronde un engin désastreux,
J'ai déjà fait connaissance avec elle,
Je sais pouvoir vivre avec elle heureux.

Elle réside au sein de la Touraine,
Elle sourit au beau milieu des fleurs,
Comme la vôtre, elle n'a pas de chaîne,
Et son pouvoir n'enfante pas les pleurs.
Le cœur loyal puisse dans son sourire
Tout le bonheur d'un appui généreux,
Elle n'a pas la force pour empire,
Et cependant fait ses élus heureux.

LA MUSIQUE

Quand la Musique, interprète de l'âme,
Vient sous vos doigts jaillir en sons perlés,
Pour se mêler à la voix qui m'enflamme,
C'est un appel à mes chants envolés.

C'est pour mon cœur, qui se plaît à l'entendre,
Un doux parfum au réveil des beaux jours,
C'est le baiser le plus pur, le plus tendre,
D'un être aimé, qu'on doit chérir toujours.

C'est le ruisseau serpentant dans la plaine,
Quand il susurre à l'abri des roseaux ;
C'est de zéphir la vaporeuse haleine,
Quand il caresse et les fleurs et les eaux.

C'est au printemps, le chant de l'alouette,
Sous un beau ciel, au sein des prés en fleurs ;
C'est le soupir du timide poète,
Rêvant des chants pour essuyer des pleurs.

C'est d'un amour, à Venise, à Grenade,
Les doux couplets sous un balcon fleuri ;
C'est le billet, qu'après la sérénade,
La senora jette au chanteur chéri.

C'est du flot bleu, cet amant de la grève,
Le bruit confus, les sourds gémissements ;
C'est d'une vierge, à seize ans le doux rêve,
Le rêve heureux, sans soucis, sans tourments.

C'est du clocher la note aiguë, austère,
Sublime appel du fidèle au saint lieu ;
C'est cette voix dont se sert la prière,
Pour arriver avec l'encens à Dieu.

C'est le regard ou le divin sourire,
Près d'un berceau, de l'amour maternel ;
C'est le doux chant que la mère sait dire,
A son enfant pour lui parler du ciel.

AMOUR DE MÈRE

Ton amour saint et pur n'a pas su, pauvre mère,
De ces gens au cœur froid atteindre la pitié ;
Ils ont raillé tes pleurs et ta douleur amère,
Et pourtant de ta vie ils ont pris la moitié.

Refrain.

Puisqu'au nom de leurs lois ils m'ont enlevé Pierre,
Le bonheur de mes jours, l'espoir de mes vieux ans
O faites, ô mon Dieu, que finisse la guerre,
Ce fléau qui ravit aux mères leurs enfants !

Son nom, depuis vingt ans, était dans ma prière ;
Sur ces jours précieux reposaient tous mes vœux ;
Il était au berceau, quand je perdis son père
Qui me dit en mourant : « Chéris-le pour nous deux ! »

Ne suis-je pas sa mère, avant cette patrie
Aux barbares désirs, au souverain pouvoir,
Qui ne connaît ses fils qu'à l'âge où la tuerie
Les appelle, en prenant le faux nom de devoir !

SOUPIRS PERDUS

Pendant que le plaisir
Les entoure à la danse,
Étouffant un soupir,
Moi seul, ici, je pense.
Chantez, dansez, amusez-vous,
Embellissez bien votre vie,
Et nous, réprimons notre envie,
Triste pensée endormons-nous

J'entends les sons joyeux
Qui marquent la cadence,
Le cœur est dans les yeux
Du danseur qui s'élance.
Je vois le serrement bien doux
D'une main blanche et veloutée,
Cette faveur nous est volée.
Triste pensée endormons-nous.

Dormons, car le sommeil
Sait adoucir la peine
Que l'inhumain réveil
A notre esprit ramène.
Mais gardons-nous d'être jaloux
D'une joie où le cœur s'oublie,
On peut regretter sa folie,
Mon pauvre cœur endormons-nous.

MON BOULEAU

Des arbres peuplant la vallée,
Où si souvent j'allais rêver,
Lorsque la nuit calme, étoilée
Doucement allait se lever.
C'est le bouleau mobile et frêle,
Qui semble un panache le soir,
Où la brise en riant se mêle,
Sous lequel j'aimais à m'asseoir.

Refrain.

Amis, quand mourra le poète,
Plantez sur sa tombe un bouleau,
Et chaque printemps sur sa tête
Viendra chanter l'oiseau !

Du bouleau j'aime le feuillage,
Qui chante ou pleure au moindre vent ;
A mon insouciant jeune âge,
Je l'ai comparé bien souvent.
J'aime l'écorce satinée
Qui forme son beau manteau blanc,
Sur laquelle, une matinée,
J'écrivis deux noms en tremblant.

Quand reviendront les fleurs nouvelles
Ces douces fleurs que Dieu bénit ;

Quand reviendront les hirondelles,
Que les oiseaux feront leur nid.
Le rossignol ou la fauvette.
Ces chanteurs aimés des beaux jours,
Sur moi s'aimeront en cachette,
Je protégerai leurs amours.

J'ai chanté l'amour, la jeunesse,
Le doux printemps, les bois, les fleurs ;
J'ai chanté du cœur l'allégresse,
J'ai chanté la joie et les pleurs.
Couples charmants, fleurs du bel âge,
Rappelez-vous mes vers si gais ;
Et vous, oiseaux, dans mon feuillage,
Chantez comme je vous chantais.

Amis, quand mourra le poète,
Plantez sur sa tombe un bouleau ;
Et chaque printemps sur sa tête,
Viendra chanter l'oiseau !

PLEURS CACHÉS

Le soleil d'avril, qui colore
En pourpre nos gais environs,
Ses doux rayons qui font éclore
Les fleurs comme les papillons,
Devraient du cœur qui souffre et pleure,
Changer en calme les douleurs,
Donner par jour une bonne heure,
Un sourire au milieu des pleurs.

Tout renaît, sourit à la vie :
Les fleurs aux champs, les nids aux bois,
La saison au bonheur convie,
Par ses mille et joyeuses voix ;
A tout ce qui vit et respire,
Les beaux jours parlent d'avenir,
La nature n'est qu'un long rire
Et parfois l'on voudrait mourir.

Dans l'azur planez hirondelles,
Aux bosquets chantez rossignols,
Chérissez-vous bien tourterelles,
Sous vos odorants parasols.
Hôtes joyeux de cette fête,
Que vient vous offrir le printemps,
Charmez encor votre poète,
Mais priez pour lui dans vos chants.

PENSÉES INTIMES

Oui, tout s'en va, ma blonde Élise,
Tout, car Dieu le voulut ainsi :
Au ciel bleu succède la bise
Qui fait taire l'oiseau transi.
Oui, tout s'en va, feuilles et roses,
Brillants rayons, fleurs et beaux jours ;
Mais nous avons des portes closes
Et nous nous aimerons toujours.

Sous la charmille, où les fauvettes
Nous enivraient de chants joyeux,
Plus de parfums, de violettes,
Plus de baisers silencieux.
Si les frimas ont fait la chasse
Aux soirs attiédis des beaux jours,
Au foyer bon feu les remplace,
Là, nous nous aimerons toujours.

Là bas, au fond de la prairie,
Où fleurissent les myosotis,
Plus de sieste, de rêverie,
Sur mon cœur, mes bras arrondis.
Nous n'avons plus la fraîche mousse
Tapis offert par les beaux jours,
Mais nous avons couche bien douce
Où nous nous aimerons toujours.

FLEUR FLÉTRIE

Par ces longs soirs remplis de rêverie,
Où tout se tait sous un souffle embaumé,
Où vas-tu seule, ô ma fille chérie,
En te cachant de ton père alarmé?

— Je vais au bout de cette sombre allée,
Où chaque soir le silence m'attend,
Cacher mes pleurs et ma plainte isolée
En m'adressant à celle qui m'entend.

— Quand ton regard dans une extase étrange
Au crépuscule interroge l'azur
O mon enfant! mon mignon petit ange!...
Que voient tes yeux, dans ce regard si pur?

— Ils voient au Ciel, une mère, une sainte,
Qui pour nous prie au milieu des élus
Et semble dire en écoutant ma plainte :
Viens près de moi, tu ne souffriras plus!

— Mais quel chagrin peut attrister ta vie?
Quelle douleur peut déchirer ton cœur?
N'as-tu pas tout ce que ton âge envie
Etre chéri : beauté, vertu, douceur?

— J'ai plus encor, ô bon père que j'aime!
J'ai ton amour, qui ne sait pas mentir!
Ah! si le sien, père, eut été de même,
Ta pauvre enfant ne voudrait pas mourir.

PERLE FAUSSE

J'étais à vos genoux, brûlant de cette flamme
Qui sur moi jaillissait de votre long regard,
De ce regard puissant, où j'ai cherché votre âme,
Sans la pouvoir trouver expansive et sans fard.

J'étais à vos genoux, sous l'effet du dictame,
Lorsqu'à vos cils parut une larme, doux nard,
Ma lèvre sur vos yeux indifférente au blâme
La cueillit au passage et la bût sans retard.

Quelle fît naître en moi de riantes pensées !
Quelle me fit tracer de phrases insensées,
Cette perle, joyau dans un écrin caché !

Mais comme notre amour en sotte erreur s'égare !
Ce que fou, j'avais pris pour une perle rare,
N'était qu'un dur caillou, d'un marbre détaché !

NOTRE VIEUX BARON

C'est d'un Baron sans baronnie
Dont je veux. vous entretenir,
Un bon vieillard dont la manie
Sait à nos yeux le rajeunir.
Il n'use point dans un grimoire
Ses yeux, bien fatigués déjà,
Pourtant en lui tout ferait croire
Qu'il est un peu sorcier, oui da !

Refrain.

Nous sommes jeunes et gais,
Vieux Baron pas d'air sévère,
En riant, laissez-nous faire,
Avec vos fleurs, des bouquets

Il a des fleurs pour entourage,
Dont les parfums lui sont soumis,
Les frais bosquets sont son ouvrage
Et les oiseaux sont ses amis.
Aussi lorsque ses mains de fée
Apportent leurs soins aux bosquets,
Cette joyeuse troupe ailée
Le régale de ses couplets.

Comme les fleurs et le feuillage
Sont le domaine des amants,

Parfois il en vient au village
Pour lui causer mille tourments.
Pour composer une couronne,
Pour symboliser un bouquet,
Dieu, que de fleurs on lui moissonne !
Comme il soupire avec regret !...

Mais nous, tous jeunes et gais,
Nous disons : pas d'air sévère,
Vieux Baron laissez nous faire,
Avec vos fleurs, des bouquets.

POUR UNE FLEUR

Cette petite fleur coquette
Par vous cueillie hier au soir,
Cette fleur bonheur du poète
Et du peintre vrai désespoir,
Flétrie, aujourd'hui me rappelle
Un bien doux rêve que j'ai fait,
Un rêve suscité par elle
Et que vous rendîtes parfait.

Cette fleur par vous élevée
Et par vous aussi mise à mort,
Cette fleur dans vos mains trouvée,
Tombait au plus malheureux sort.
Recueillant ce qu'on abandonne,
Moi je l'ai prise en grand secret,
Et j'ai placé la fleur mignonne
Bien près de moi, sur mon chevet.

Durant la nuit, la fleur gentille,
Changeant de forme auprès de moi,
Devint une rêveuse fille
Au cœur tout palpitant d'émoi.
Mon Dieu, comme je l'ai chérie !
Et que de peine j'éprouvai !
Quand ce matin triste et flétrie,
Ce fut la fleur que je trouvai !

MORTE

—

Le ciel était d'azur, la terre était couverte
De fruits et de moisson, de parfums et d'amour,
Les oiseaux du printemps sous la ramure verte,
Près de leur nid, chantaient l'hymne au réveil du jour.
Le soleil caressait la luxuriante plaine,
De ses beaux rayons d'or, vivifiant à la fois
Le flexible roseau, comme le plus gros chêne;
La rose du jardin et le muguet des bois.
Tout avait pour le cœur une voix sympathique,
Une extase pour l'âme, un doux reflet des Cieux,
Et pourtant la douleur sous la voûte gothique
S'exhalait en sanglots, les pleurs noyaient nos yeux
Les orgues qui chantaient au jour de sa naissance
Avaient un son lugubre et pleuraient au saint lieu.
Riche, heureuse à vingt ans et pleine d'espérance,
C'est qu'elle nous quittait pour retourner à Dieu.
Comme une faible fleur qu'un matin fait éclore
Et qu'un traître aquilon vient aussitôt briser,
Sur terre elle ne vit qu'une riante aurore,
Qu'un regard du bonheur, de la vie un baiser.
Jamais aucun chagrin n'avait étreint son âme
Comme ses anges, Dieu, l'avait faite sans fiel,
Tout en elle était pur, pur comme cette flamme
Qui fait une auréole aux élus dans le Ciel.

. . . .

Si tu nous la donnais comme exemple sur terre
Pourquoi Dieu tout puissant, sitôt la rappeler?
Sommes-nous assez bons où la divine sphère,
De Chérubins nouveaux veut-elle se peupler?

LÉGENDE NIVERNAISE

Tout auprès de La Chapelle,
Où ce clair ruisseau s'en va,
Savez-vous, mademoiselle,
Ce qu'un jour il arriva?
C'était au temps où nos pères
Peignaient leurs feux au grand jour,
C'était au temps où nos mères
Aimaient du sincère amour.

Refrain.

Le récit que je vous chante
Par moi n'est point inventé,
Un vieillard me l'a conté
Comme une histoire touchante.

Deux beaux enfants du même âge,
Deux jeunes futurs époux,
S'en retournaient au village,
Tout parés de leurs bijoux.
Le pasteur à la chapelle
Et parents les attendaient,
Et jeune homme et demoiselle
A ce penser souriaient.

L'étang noir près de la route
Comme aujourd'hui s'étendait,

Le malin esprit, sans doute,
Sur ses bords se promenait,
Car les chevaux pris de rage,
En franchissant les roseaux,
Entraînèrent attelage
Et fiancés dans les eaux.

Le lendemain au village,
Bien des gens versaient des pleurs,
Le lendemain le rivage
Excitait bien des douleurs.
Durant la nuit sur la grève
Le flot les avait poussés,
Comme dans un bien doux rêve
Ils se tenaient embrassés.

Le récit que je vous chante
Par moi n'est point inventé,
Un vieillard me l'a conté
Comme une histoire touchante.

LA PLEUREZ-VOUS ENCORE ?

A Mme E. (1854)

Parmi les frais bosquets d'un beau vallon en fleurs,
Se promenaient un jour deux bien gentilles sœurs.
L'aînée avait seize ans, on la nommait Irène,
Et jamais ce doux nom, dans la belle Touraine,
N'avait d'un front plus pur, d'un regard plus charmant,
Reçu dans le bel âge un plus bel ornement.
Plus jeune était un peu la blondinette Estelle,
Plus jeune et plus enfant, mais non moins svelte et belle.
Ses grands yeux bleus mignons, où riait la candeur,
S'illuminaient déjà de cette étrange ardeur
Qui n'est ni de l'amour, ni ce qu'il nous inspire,
Mais où l'ivresse un jour sait fonder son empire.

Irène, en se cachant, au détour d'un sentier
Dans la mousse embaumée, au pied d'un églantier,
Craintive, avait cueilli, pour l'effeuiller bien vite,
Cette fleur des amours, la pâle marguerite.
Maime-t-il ? dit l'enfant. Pas du tout, dit la fleur !
Qui semblait se venger dans sa calme douleur.
Un léger cri, des pleurs, une pâleur mortelle,
L'absence d'un moment rappelèrent Estelle,
Qui, lisant sur les traits de celle qu'elle aimait,
Un chagrin que le cœur vainement réprimait
Veut savoir d'où provient ce chagrin, cette peine.
« Tu pleures, ô ma sœur ! ô ma bien douce Irène,
» Ton cœur souffre en secret et tu me l'as caché !

» Qui fait couler tes pleurs?... Tu n'a jamais peché !
» Ce beau Ciel qui sourit est moins pur que ton âme !
» Allons dites-moi tout, ou votre sœur vous blâme. »
Et la suave enfant d'un geste gracieux
Force Irène à s'asseoir, à sécher ses beaux yeux,
Puis à lui raconter sur la mousse fleurie,
La cause du chagrin de la sœur bien chérie.

A ces anges mignons, on ne peut refuser
Ce que veut leur amour, dépeint dans leur baiser ;
Aussi la douce Irène, un peu moins soucieuse,
Fit-elle ce récit à notre curieuse.

« Un soir que des oiseaux les doux gazouillements
» Attirèrent mes pas sous ces bosquets charmants
» Un jeune homme élégant, à la voix fraîche et tendre
» M'aborda, me pria de vouloir bien l'entendre.
» Je voulus fuir d'abord, fuir son regard de feu,
» Mais son charme m'avait attachée en ce lieu.
» Malgré moi, j'écoutai des aveux de tendresse
» Qui firent de ma crainte une douce allégresse
» Et ne pensai qu'à lui, qui jetait en mon cœur
» Les trésors de l'amour, l'ivresse, le bonheur.
» Je souffrais, il le vit à ma pâleur extrème,
» C'est alors qu'il me dit : Irène je vous aime !
» Mon cœur est aussi pur que vos beaux yeux sont doux !
» Oh ! ne m'éloignez pas !... Je suis à vos genoux !
» Un mot Irène, qui, près de vous me rappelle !
» Ce mot je le donnai..., sa voix était si belle !
» Son regard si touchant ! si digne son maintien !

» Puis je l'aimais déjà, mes yeux le disaient bien.
» Tout était vrai, bien vrai, ce n'était pas un rève
» Qui sait bercer nos sens, que le réveil enlève.

» La nuit calme venait, il me saisit la main,
» La baisa puis me dit : Petit ange à demain !...
» Je souffris bien alors, mon âme avait un doute...
» Comme le lendemain j'interrogeai la route !
» Il revìnt et depuis, bien des fois ses serments
» Ont entouré mon cœur de mille enivrements.

» Il m'aime ! tout en lui s'ingénie à me plaire
» Et pourtant cette fleur m'a dit tout le contraire,
» Cette fleur a menti ! Non, non, cela n'est pas !
» Il sait que ses dédains causeraient mon trépas !

» Pardon petite sœur !... cet amour qui me flatte,
» Doit me rendre à tes yeux, injuste et bien ingrate.
» Je t'aime bien ma sœur, mais cet amour, vois-tu,
» Triompherait de tout, même de la vertu. »

Cette exclamation, d'une âme émerveillée,
Fìt s'agiter quelqu'un, caché dans la feuillée
L'œil au guet, écoutant, un cœur lâche était là
Les remords le tueront, comme Dieu l'appela.

Dans le vallon fleuri, bien peu de temps après,
On voyait un tombeau sous de jeunes cyprès
Et les yeux pleins de pleurs à genoux sur la pierre :
Une sœur, un ami, faisant une prière.

A MON AMI JEAN LE MEUNIER

Jeanne, les prés sont hauts
Et la nuit est venue,
Derrière les bouleaux
La lune s'est perdue.
L'eau babille au ruisseau,
L'air chante dans les saules,
Il fait frais près de l'eau,
Couvre bien tes épaules.

Refrain.

Tournez coquettes meules,
La nuit comme le jour,
Mais ce soir tournez seules,
Je vais causer d'amour.

Tout le long des fossés
Les grenouilles jacassent,
Et les grands bœufs couchés
Dans les herbes rêvassent.
Le moulin marche bien,
Fourni par les rigoles,
Et l'on n'entendra rien
De tes douces paroles.

Laisse-là ton rouet,
Ta fine quenouillette,
Quitte le tabouret
Pour la mousse douillette.
Réponds à mon amour,
Il n'est point malhonnête,
En me fixant le jour
Que nous ferons la fête.

TOUJOURS A TOI

Quand de la nuit le sombre voile,
Remplace ici l'éclat du jour,
Et qu'au ciel je cherche une étoile,
Pour lui parler de mon amour.

Refrain.

Sais-tu, bel ange de constance,
Dont la pensée est toute à moi,
En cet instant à qui je pense?
Je pense à toi, toujours à toi !

Quand un bel oiseau dans l'espace
Se balance libre et joyeux,
Et qu'envieux je suis sa trace,
En me disant qu'il est heureux !

Quand en rêvant dans la prairie
Où naissent les timides fleurs,
J'en effeuille une bien fleurie,
Que mes lieux se voilent de pleurs.

Sais-tu, bel ange de constance,
Dont la pensée est toute à moi,
En cet instant à qui je pense?
Je pense à toi, toujours à toi !

MAMAN, DIS-LE MOI

(Vous n'aviez que seize ans)

Lorsque le vent frais du soir passe,
Chargé du doux parfum des fleurs,
Il m'apporte à travers l'espace,
D'une voix les tons enchanteurs !
Cette voix qui semble si tendre,
Qui met tout mon cœur en émoi,
Dois-je encor chercher à l'entendre ?
Dis-le moi, maman, dis-le moi !

Lorsque la gaieté la plus folle
Autour de moi jette ses ris,
Je ne dis pas une parole
Et vous en êtes tous surpris.
Celui vers qui court ma pensée,
Est-il digne de tant de foi ?
Je le crois, mais suis-je abusée ?
Dis-le-moi, maman, dis-le moi !

Quand curieuse je veux lire
Dans ce cœur qui n'est pas le tien,
Quand j'étudie un doux sourire,
Que j'observe un digne maintien ;
Ai-je la grâce qui sait plaire
Et partout peut dicter sa loi ?
Puis-je inspirer l'amour sincère ?
Dis-le moi, maman, dis-le moi !

LE ROCHER DE LA PINONE

Un vieux rocher couvert de mousse,
Aux flancs gris où le lichen pousse
Avec les ronces et les buis,
Domine l'Indre en ses méandres
Et la prairie aux pousses tendres,
Depuis Courçay jusqu'à Truys.

C'est le rocher de la Pinone,
On dit que jadis une nonne
Et le prieur de Cormery,
Lorsque la nuit était bien sombre,
Y venaient pour cacher dans l'ombre
Leur amour coupable et flétri.

Plus tard encor, un jeune hermite
Las de l'état du cénobite
Et des règles de son couvent,
S'y fit une grotte coquette,
Où plus d'une jeune fillette
Alla se confesser souvent.

Les jours d'école buissonnière,
En troupe folle et meurtrière,
Là nous cherchions les nids d'oiseaux ;
Et quand avril était en fête,
Nous y courrions, les grands en tête,
Cueillir le buis pour les Rameaux.

Que de fois, lors de mon enfance,
Pour me faire une jouissance,
Certain braconnier peu rupin,
Me fit placer en embuscade
Dans cette ouverture en arcade,
Le soir pour tirer un lapin.

Vers ce site à demi sauvage,
Où vagabonda mon jeune âge,
Où j'alignai ces quelques vers,
J'irai peut-être en ma vieillesse,
Cacher les pleurs de la tristesse
Et l'amertume des revers.

Aux jours de jeunesse joyeuse,
Aux charmes d'une vie heureuse,
Dieu fait succéder, bien souvent,
Les douleurs poignantes de l'âme,
Qui consument comme la flamme
Que pousse et dirige le vent.

ROMANCE

Sous le ciel qui rayonne
D'un éclat printanier,
Allons tous deux mignonne
Chercher un frais sentier,
Où la mousse embaumée
Par les premières fleurs,
Sous la verte ramée
Revêt mille couleurs.

Refrain.

Fètons, ma Rose,
Le gai printemps,
La fleur éclose
Et nos vingt ans.

Si Dieu mit sur la terre
Fraîches fleurs et beaux jours,
C'est qu'il voulut, ma chère,
En doter les amours.
A nos vingt ans s'il donne
Un cœur tendre et joyeux,
En riant il pardonne
Les écarts amoureux.

Ta blonde chevelure
Aux chatoyants reflets,

Trouvera pour parure
Des lilas, des muguets.
Et ta voix qui caresse
Par d'enivrants secrets,
Laissera dans l'ivresse
Les échos indiscrets.

Je te promets d'avance,
De charmer le retour,
Par la douce romance
Que je fis l'autre jour.
Elle vante, ma belle,
Ton regard enchanteur,
Où toujours se révèle
Ta pensée et ton cœur.

Fêtons, ma Rose,
Le gai printemps,
La fleur éclose
Et nos vingt ans.

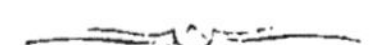

PAQUARITA

Paquarita, de tout Séville,
Avait bien les plus beaux yeux noirs,
Aussi les scnors de la ville
Sous ses fenêtres tous les soirs,
Bravant les arrêts de l'alcade,
Les fureurs d'un tuteur jaloux,
Dans l'indiscrète sérénade
Peignaient leurs feux brûlants et doux.

Refrain.

Brunes filles d'Andalousie,
Cachez bien, lorsque vient le soir,
Derrière votre jalousie
Vos blanches dents et votre œil noir.

De leur martyre, de leur peine,
Paquarita riait bien fort,
Sans penser, la belle inhumaine,
Que railler l'amour est un tort.
Elle aimait mieux ses castagnettes
L'accompagnant au bolero
Que les couplets des amourettes
Du sémillant cavaliero.

Mais un beau jour il vint de France
Un beau seigneur qui s'arrêta
Pour dire dans une romance
Son amour pour Paquarita.
Sa voix était touchante et belle,
Un doux billet y répondit,
Et la même nuit la cruelle
Du balcon en fleurs descendit.

SÉRÉNADE

Belle nonchalante
Pourquoi dormez-vous,
Quand la nuit sorrente
A des chants si doux?
Le jaloux sommeille
Et rêve aux grandeurs,
Moi, Laura, je veille
Au sein de vos fleurs.

Belle nonchalante
Ah ! réveillez-vous,
Mon cœur dans l'attente
Deviendrait jaloux.
La lune s'efface
Sous un voile noir
Et sur la terrasse
On ne peut nous voir.

Votre main petite
Se montre, je crois,
L'échelle s'agite,
C'est vous !... je vous vois !
Vous êtes tremblante,
Pourquoi cet effroi?
Laura, ma charmante,
Je n'aime que toi !

CORMERY

Des prés couverts de fleurs aux beaux jours de l'année.
De hauts peupliers droits et des aulnes penchés
Dont l'ombrage est si doux par la chaude journée,
Puis l'Indre et ses remous, du pêcheur recherchés ;
Tout cela vit aux pieds de ce pays que j'aime,
Que je revois toujours le cœur bien attendri,
Où j'ai passé des jours d'une douceur extrême,
Où je voudrais mourir, enfant de Cormery.

De son couvent chassé pour son incontinence
Un pauvre moine errait... Que de temps de celà !
Trouvant un lieu propice à faire pénitence,
Il s'y bâtit un toit en disant : prions là !
Dieu, sans doute attendri par l'existence austère
Du moine repentant, du pauvre *cœur-marri* [1],
Fit qu'un siècle plus tard, un riche monastère
Remplaça l'hermitage et devint Cormery,

Tous ses moines, un jour d'ouragan populaire,
Emportant leurs trésors, fuirent épouvantés ;
La France secouait, dans sa juste colère,
Son joug et réclamait de franches libertés.
L'herbe pousse aujourd'hui sur les vieilles ruines,
Souvenir d'un passé déplorable et flétri,
Et rien ne reste plus des lois bénédictines
Dans l'esprit ferme et droit des gens de Cormery.

1. *Cormerens,* cœur-marri, d'où vient Cormery.

Les moines comeryens aimant la bonne chère,
Avaient sur les côteaux des bois fort giboyeux,
Vergers couverts de fruits, beaux poissons en rivière
Et vignes qui faisaient vin doux et capiteux.
On ne put emporter sur mulets, en patache,
Vergers, bois et côteaux dans ce grand *hourvari,*
Aussi l'on a toujours bon vin, bonne *bernache*
Pour arroser la *fouée* et rire à Cormery.

Mon aïeul aurait bien aujourd'hui cent années ;
Au coin du feu, l'hiver, il me parlait souvent
De ces moines sensuels et des embéguinées
Qu'on recevait la nuit, en cachette, au couvent.
La superstition, l'ignorance et la crainte
Rendaient faible l'épouse et craintif le mari ;
Le progrès a chassé les abus, la contrainte
Et laissé le civisme au sein de Cormery.

Reste, Cormery, reste au fond de ta vallée,
Ce que tu fus toujours : accessible au malheur,
Pénétré des douleurs de la mère accablée,
Lorsque se prélassait chez toi l'envahisseur.
Tu souffris bien alors, mais ton cœur patriote
A dû se relever aussi fier que meurtri,
Car il n'aida jamais la puissance idiote
Qui fit saigner la France et pleurer Cormery.

LE FROC AUX ORTIES

Pieds nus et les cheveux au vent
Où courrez-vous, brune fillette?
— Beau monsieur, je cours au couvent
Dont vous entendez la clochette.
Mon vieil oncle est le jardinier
De cet antique monastère,
Et chaque jour dans mon panier
J'emporte des fleurs du parterre.

Dans ce couvent n'avez-vous pas
Certain moine qui vous admire?
Votre jeunesse et vos appas
Le feraient penser sans médire.
— Non, aucun des religieux
Peuplant ce vaste monastère
N'ose sur moi lever les yeux
Tant la discipline est sévère.

La brune fillette mentait,
Car un matin à la prière
Un des religieux manquait,
C'était le révérend Valère.
Le même jour on découvrit
Dans une ortie un froc de moine,
Et jamais plus on ne revit
La folle nièce au père Antoine.

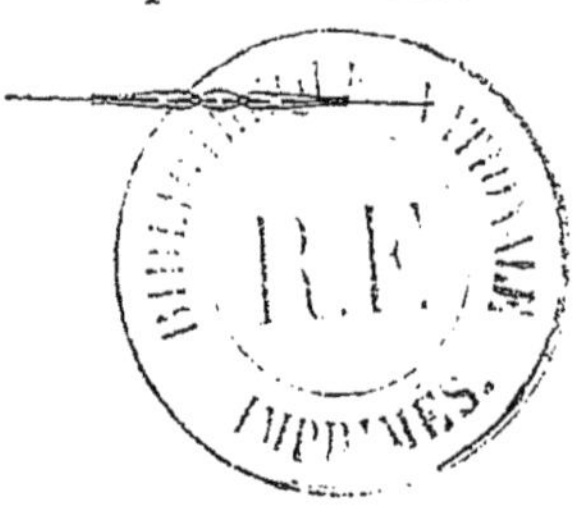

9 782016 142769